ALFAGUARA
CLÁSICOS

Papel certificado por el Forest Stewardship Council®

MIXTO
Papel procedente de
fuentes responsables
FSC® C117695
www.fsc.org

Printed in Spain – Impreso en España

ISBN: 978-84-204-8689-5
Depósito legal: B-23.014-2017

Impreso en Cayfosa (Barcelona)

AL 8 6 8 9 5

Penguin
Random House
Grupo Editorial

ROALD DAHL

BILLY Y LOS MIMPINS

Ilustraciones de Quentin Blake

Traducción de Rita da Costa

ALFAGUARA

¡LAS HISTORIAS TE HARÁN BIEN!

Roald Dahl decía: «Si tienes buenos pensamientos, resplandecerán en tu cara como rayos de sol y siempre tendrás algún atractivo.»

ROALD DAHL

Creemos en hacer cosas buenas. Por esta razón, el 10% de los ingresos* que genera Roald Dahl van destinados a las organizaciones benéficas con las que colaboramos. Hemos dado apoyo a causas como: enfermeras especializadas en pediatría, subvenciones para familias necesitadas y programas educativos. Gracias por ayudarnos en esta labor imprescindible.

Para más información, visita:
www.roalddahl.com

The Roald Dahl Charitable Trust es una organización benéfica registrada en Reino Unido (no. 1119330).

* Todos los pagos de autor y royalties netos de comisiones.

Para Ophelia

PORTARSE BIEN

La madre de Billy se pasaba la vida diciéndole exactamente qué podía y qué no podía hacer.

Todas las cosas que le estaban permitidas eran una lata. Todas las cosas que no le estaban permitidas eran de lo más tentadoras.

Una de las cosas que tenía ABSOLUTAMENTE PROHIBIDAS, la más tentadora de todas, era cruzar él solo la cancela del jardín y explorar el mundo que había más allá.

Una soleada tarde de verano, Billy se había encaramado a una silla de la sala de estar y, con los brazos apoyados en el respaldo, contemplaba con mirada soñadora el maravilloso mundo que había al otro lado de la cerca. Su madre estaba en la cocina planchando y no alcanzaba a verlo pese a haber dejado la puerta abierta.

De vez en cuando, lo llamaba y le decía:

—Billy, ¿qué andas tramando?

A lo que el chico siempre contestaba:

—Nada, mamá. Me estoy portando bien.

Pero Billy estaba hasta la coronilla de portarse bien.

Por la ventana, no muy lejos de allí, se adivinaba la gran espesura negra a la que llamaban el Bosque del Pecado, un lugar prohibido que él siempre había querido explorar.

Su madre le había dicho que hasta los adultos tenían miedo de entrar allí. Solía recitarle un poemilla que todos conocían en los alrededores y que decía así:

¡Cuidado, cuidado! ¡El Bosque del Pecado!
¡Muchos logran entrar, pero ninguno ha escapado!

—¿Por qué no han escapado? —preguntaba el pequeño Billy—. ¿Qué les pasa cuando entran en el bosque?

—Ese lugar —contestaba su madre— está infestado de las bestias salvajes más sanguinarias del mundo.

—¿Te refieres a tigres y leones? —preguntaba el chico.

—Mucho peor que eso —contestaba su madre.

—¿Qué puede ser peor, mamá?

—Para empezar, los destripantojos —decía su madre—, pero también están los cuernifunfuños, los trompiluznantes y las alimuñas espantorosas.

Y el peor de todos es el terrible escupilámpago, un monstruo chupasangres, arrancamuelas y chascahuesos. También hay uno de esos en el bosque.

—¿Un escupilámpago, mamá?

—Oh, sí. Y cuando el escupilámpago te persigue, echa ráfagas de humo ardiente por la boca.

—¿Y tú crees que me comería? —preguntaba Billy.

—De un solo bocado —aseguraba su madre.

El chico no se creía ni una palabra. Sospechaba que su madre se inventaba todas aquellas patrañas para meterle miedo y así asegurarse de que no se aventuraría solo más allá del jardín.

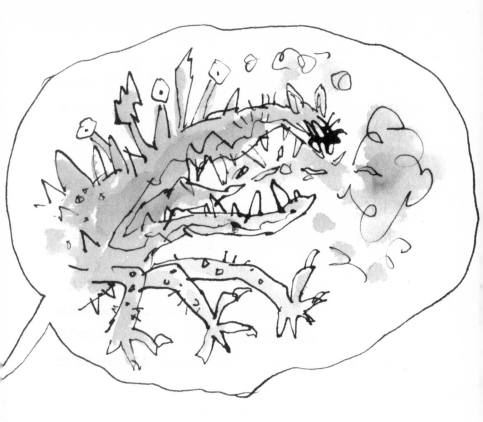

Ahora vemos a Billy encaramado a la silla delante de la ventana, contemplando con ojos soñadores el famoso Bosque del Pecado.

—Hijo mío —lo llamó su madre desde la cocina—. ¿Qué estás haciendo?

—Me estoy portando bien, mamá —contestó el chico.

Entonces ocurrió algo extraño. Billy empezó a oír una voz que le susurraba al oído. Sabía exactamente quién era: el Diablo. Siempre que se aburría, lo tentaba con sus cuchicheos.

—Es pan comido… —le susurró el Diablo—. Solo tienes que saltar por la ventana. Nadie te verá. En un periquete te plantas en el jardín, en un pispás cruzas la verja, y en un abrir y cerrar de ojos tienes el maravilloso Bosque del Pecado para ti solo. Es un lugar fantástico. No creas una sola palabra de lo que te ha dicho tu madre sobre destripantojos, cuernifunfuños, trompiluznantes, alimuñas espantorosas y el terrible escupilámpago, el monstruo chupasangres, arrancamuelas y chascahuesos. Nada de eso existe.

—¿Y qué hay en el bosque? —preguntó el pequeño Billy con un hilo de voz.

—Fresas silvestres —susurró el Diablo—. Todo el suelo del bosque está cubierto de fresas silvestres, a cual más roja, dulce y jugosa. Ve a verlo por ti mismo.

Estas fueron las palabras que el Diablo musitó al oído de Billy aquella soleada tarde de verano.

Instantes después, el niño abrió la ventana y salió de un salto.

¡CORRE, BILLY, CORRE!

En un periquete, Billy se dejó caer sin hacer ruido al parterre que había al otro lado de la ventana.

En un pispás se escabulló por la cancela del jardín.

¡Y en un abrir y cerrar de ojos se plantó al pie del inmenso y misterioso Bosque del Pecado!

¡Lo había conseguido! ¡Había llegado hasta allí! ¡Y ahora tenía todo el bosque solo para él!

¿Estaba nervioso?

¿Qué?

¿Quién ha dicho nada de nervios?

¿Cuernifunfuños? ¿Alimuñas espantorosas? Paparruchas, nada más que paparruchas.

El pequeño Billy vaciló.

—No estoy nervioso —dijo—. Ni un poquitín. No podría estar más tranquilo.

Muy despacio, midiendo cada paso, el chico se adentró en el gran bosque. Pronto se vio completamente rodeado de árboles gigantes cuyas tupidas ramas formaban una cúpula tan alta y espesa que no alcanzaba a ver el cielo. Aquí y allá, un tímido rayo de sol se colaba entre las hojas. No se oía una mosca. Era como estar con los muertos en una inmensa y desierta catedral verde.

Cuando se había internado un poco más en el bosque, Billy se detuvo, se quedó completamente in-móvil y aguzó el oído. No oyó nada. Pero nada de nada. El silencio era total.

¿O tal vez no?

Esperad un momento.

¿Qué ha sido eso?

Billy se volvió bruscamente y escudriñó la espesa negrura infinita del bosque.

¡Ahí estaba de nuevo! Esta vez no había duda.

A lo lejos se oía un suave runrún, como si una caprichosa brisa soplara entre los árboles.

Luego aquel murmullo fue creciendo en intensidad. Sonaba cada vez más cerca, hasta que de pronto ya no parecía una caprichosa brisa, sino un ruidoso, rugiente y retumbante ronquido, como si una gigantesca criatura resoplara con fuerza por la nariz mientras avanzaba al galope en su dirección.

Billy dio media vuelta y echó a correr.

Corría tan deprisa como se lo permitían sus piernas, pero el ruidoso, rugiente y retumbante ronquido lo perseguía. Peor aún, sonaba cada vez más cerca. Eso quería decir que aquella cosa, la criatura que hacía aquel ruido espeluznante y avanzaba al galope, le pisaba los talones. ¡No tardaría en alcanzarlo!

¡Corre, Billy, corre!

El chico se abrió paso entre árboles imponentes, sorteó de un salto raíces y zarzales, se agachó para escabullirse entre ramas y arbustos. Tenía alas en los pies y corría como el viento, pero

seguía oyendo aquel ruidoso, rugiente y retumbante ronquido cada vez más cerca, acortando la distancia que los separaba.

Echó un vistazo a su espalda y lo que entonces vio a lo lejos le heló la sangre y le puso los
pelos de punta.

Dos amenazadoras vaharadas de humo rojizo
atravesaban los árboles empujadas por el viento,
yendo derechas hacia él. Las seguían otros dos nu-

barrones idénticos, zas, zas, y luego otros tantos, zas, zas, y todos parecían empeñados en alcanzarlo. Billy tenía claro que los había echado por la nariz algún monstruo que corría desenfrenado, jadeando a cada paso, porque había reconocido su olor y no pararía hasta atraparlo.

Las palabras de su madre resonaron en la mente del chico:

¡Cuidado, cuidado! ¡El Bosque del Pecado!
¡Muchos logran entrar, pero ninguno ha escapado!

—¡Seguro que es el escupilámpago! —exclamó—. Mamá dijo que persigue a la gente y echa humo por la boca. ¡Y eso es justo lo que está pasando! ¡Es el terrible escupilámpago, el monstruo chupasangres, arrancamuelas y chascahuesos! ¡No tardará en alcanzarme, y entonces me chupará la sangre, me arrancará las muelas, me chascará los huesos y luego me escupirá en una bocanada de humo y mi vida se habrá acabado!

¡GRUNF, GRUNF!

El pequeño Billy corría que se las pelaba, pero cada vez que miraba hacia atrás aquellas bocanadas de humo ardiente seguían persiguiéndolo. Estaban tan cerca que notaba su soplo en la nuca. ¡Y qué decir del ruido! Era ensordecedor, aquel ruidoso, rugiente y retumbante ronquido. ¡Grunf, grunf!, se oía. ¡Grunf, grunf! ¡Grunf, grunf! ¡Grunf, grunf! Era como el estrépito de una locomotora al salir de la estación.

De pronto, oyó otro ruido más aterrador aún, el martilleo de unas pezuñas gigantescas que avanzaban al galope, apisonando el suelo del bosque.

Echó otro vistazo a su espalda, pero aquella cosa, la bestia, el monstruo o lo que quiera que fuese aquella criatura quedaba oculta tras el humo

que arrojaba por la boca mientras se precipitaba hacia delante a toda velocidad.

La humareda amenazaba con engullir a Billy. Notaba su calor, y lo que es peor aún, su olor repugnante, la clase de pestilencia que brota de las entrañas de los animales carnívoros.

—¡Mamá! —chilló—. ¡Sácame de aquí!

De pronto, Billy vio ante sí el tronco de un enorme árbol. Era distinto a los demás porque algunas de sus ramas eran muy bajas. Sin parar de correr, el chico saltó con todas sus fuerzas a la rama que tenía más a mano. Se agarró a ella y se encaramó al árbol.

Luego se aupó a la rama de arriba y subió un poco más, y así siguió, trepando sin parar, huyendo del terrible monstruo resoplante de aliento asfixiante y olor repugnante. Solo se detuvo cuando ya no le quedaban fuerzas para seguir escalando.

Miró hacia arriba, pero pese a haber subido mucho no veía dónde terminaba la copa del árbol. Parecía elevarse hasta el infinito. Miró hacia abajo. Tampoco veía el suelo. Estaba atrapado en un mundo de hojas verdes y gruesas ramas lisas desde el que no se atisbaba el cielo ni la tierra. El monstruo resoplante de aliento asfixiante y olor repugnante había quedado allá abajo, a miles de metros de distancia. Ya ni siquiera lo oía.

Billy se acomodó en la unión de dos grandes ramas y se sentó a descansar.

De momento, estaba a salvo.

Entonces ocurrió algo de lo más sorprendente. Billy se dio cuenta de que, en una de aquellas enormes ramas, un trocito de corteza parecía moverse como por arte de magia. Era un trocito muy pequeño, más o menos del tamaño de un sello, y estaba dividido en dos mitades que empezaron a abrirse despacio hacia fuera, como los postigos de una diminuta ventana.

El chico se la quedó mirando sin salir de su asombro. De repente, una extraña sensación de incomodidad se apoderó de él. Era como si el árbol al que se había encaramado y el verde follaje que lo rodeaba pertenecieran a un mundo aparte, lo que lo convertía en un intruso, alguien que no tenía derecho a estar allí. Boquiabierto, vio cómo las diminutas contraventanas de corteza se movían despacio hasta quedar abiertas de par en par, revelando así un ventanuco cuadrado que se recortaba con toda claridad en la curva de la gran rama. Un cálido resplandor lo iluminaba desde dentro, como si brotara de lo más profundo del árbol.

SOMOS LOS MIMPINS

Lo siguiente que vio Billy fue una carita minúscula asomada a la ventana. Apareció de repente, como salida de la nada, y pertenecía a un anciano de pelo blanco. Billy lo veía con toda claridad pese a que la cabeza del hombrecillo no era más grande que un guisante.

Aquel rostro en miniatura miraba al pequeño Billy con cara de pocos amigos.

Tenía la piel surcada de profundas arrugas, pero sus ojillos brillaban como dos estrellas.

Entonces ocurrió algo todavía más sorprendente. Alrededor de Billy, no solo en el poderoso tronco del árbol, sino también en las grandes ramas que brotaban de este, empezaron a abrirse

otras ventanitas a las que se asomaron otras caritas. Algunas eran de hombres, otras tenían rasgos claramente femeninos. Aquí y allá despuntaba la cabecita de algún niño que se había puesto de

puntillas para mirar por encima del alféizar. No eran más grandes que puntas de cerilla. En total, debía de haber más de veinte ventanucos a su alrededor, y en todos ellos había algún rostro que lo miraba con curiosidad, aunque nadie decía ni mu.

Aquellos rostros minúsculos no hablaban, no se movían, eran casi como fantasmas.

Entonces el anciano de la ventana que Billy tenía más cerca movió los labios como si estuviera hablando, pero su voz era un bisbiseo tan débil que el chico tuvo que acercar la oreja para entender lo que decía.

—Te has metido en un buen lío, ¿verdad? —iba diciendo el anciano—. No puedes volver a bajar, porque si lo haces te engullirán de un bocado. Pero tampoco puedes quedarte aquí arriba para siempre.

—¡Lo sé, lo sé! —exclamó Billy.

—No chilles —replicó el hombrecillo.

—Pero si no estoy chillando —se defendió el chico.

—Habla más flojito —pidió el anciano—. Si levantas la voz, saldré despedido.

—Pero… pero… ¿quiénes sois? —preguntó Billy, esta vez hablando en susurros.

—Somos los mimpins —dijo el hombrecillo—, y este bosque nos pertenece. Voy a acercarme más para que puedas oírme bien.

El anciano mimpin saltó por la ventana y echó a andar como si tal cosa por la rama del árbol, que bajaba abruptamente, casi en vertical.

Luego subió por otra rama y se detuvo a escasos centímetros del rostro de Billy.

Era asombroso verlo paseando arriba y abajo por la superficie del árbol sin inmutarse. Era como si alguien caminara por la pared.

—¿Cómo demonios puede hacer eso? —preguntó Billy.

—Botas con ventosas —contestó el mimpin—. Todos las usamos. Nadie puede vivir en los árboles sin ellas.

En efecto, el hombrecillo lucía dos minúsculos botines verdes, como dos botas de agua en miniatura.

Vestía de un modo curiosamente anticuado, en tonalidades de negro y marrón, y llevaba la clase de prendas que habrían estado de moda doscientos o trescientos años atrás.

De pronto, todos los demás mimpins, ya fueran hombres, mujeres o niños, empezaron a salir por las ventanas y a reunirse en torno a Billy. Al parecer, las botas con ventosas les permitían subir y bajar sin el menor esfuerzo por las ramas más empinadas,

y algunos hasta caminaban boca abajo por la cara inferior de las ramas horizontales. Todos lucían aquellas

vestimentas de siglos pasados, y abundaban los sombreros y gorros estrafalarios. De pie o sentados, los

mimpins fueron congregándose en torno a Billy, al que observaban como si fuera un alienígena.

—¿Pero de verdad que vivís dentro del árbol? —preguntó el chico.

El viejo mimpin contestó:

—Todos los árboles de este bosque están huecos por dentro. No solo este, sino todos. Y en su interior viven miles de mimpins. Están repletos de habitaciones y escaleras, no solo en el tronco, sino también en la mayor parte de las ramas. Este es un bosque de mimpins. Y no es el único que existe en Inglaterra.

—¿Podría verlo por dentro? —preguntó Billy.

—Por supuesto, por supuesto —contestó el hombrecillo—. Acerca un ojo a esa ventana —dijo, señalando el hueco por el que había salido.

Billy cambió de postura y acercó el rostro al ventanuco cuadrado del tamaño de un sello.

Lo que entonces vio era sencillamente maravilloso.

EL REGÜELDALLAMAS SABE QUE ESTÁS AQUI ARRIBA

Billy vio una habitación bañada por una cálida luz amarilla y amueblada con un diminuto y adorable conjunto de mesa y sillas. A un lado de la estancia había una camita con su dosel.

Era como una de las habitaciones que el chico recordaba haber visto en la casa de muñecas de la Reina cuando había ido a visitar el castillo de Windsor.

—Es preciosa —dijo—. ¿Todas son tan bonitas como esta?

—Por lo general son más pequeñas —contestó el anciano mimpin—. Esta es muy lujosa porque yo soy el que manda en este árbol. Me llamo Don Mini. ¿Y tú, cómo te llamas?

—Billy —contestó el chico.

—Encantado de conocerte, Billy —dijo Don Mini—. Puedes echar un vistazo al resto de nuestras viviendas, si te apetece. Estamos muy orgullosos de ellas.

Todos los demás mimpins querían enseñarle sus habitaciones, y correteaban por las ramas del árbol gritando: «¡La mía, por favor, ven a ver la mía!».

Trepando de aquí para allá, el pequeño Billy se asomó a las ventanitas de unos y otros.

Vio un cuarto de baño idéntico al de su casa pero mil veces más pequeño, y un aula repleta de diminutos pupitres con una pequeña pizarra al fondo.

En todas las estancias había una escalera que partía de un rincón y conducía a la planta superior.

Mientras Billy saltaba de ventana en ventana, los mimpins lo seguían, arremolinándose en torno a él y sonriendo ante sus exclamaciones de asombro.

—Son una maravilla —dijo—. Mucho más bonitas que las de casa.

Cuando se acabó la visita guiada, Billy volvió a sentarse en una gran rama y dijo a los mimpins allí reunidos:

—Escuchad, me lo estoy pasando muy bien con vosotros, pero ¿cómo hago para volver a casa? Mi madre debe de estar muy preocupada.

—Nunca podrás bajar de este árbol —sentenció Don Mini—. Ya te lo he dicho. Si eres lo bastante tonto para intentarlo siquiera, no tardarás ni cinco segundos en ser devorado.

—¿Te refieres al escupilámpago? —preguntó Billy—. ¿Al terrible monstruo chupasangres, arrancamuelas y chascahuesos?

—Nunca he oído hablar de ese tal escupilámpago —contestó Don Mini—. No, quien te espera ahí abajo es el horripilante regüeldallamas, un monstruo que suelta bocanadas de abrasador humo rojo y arrasa todo lo que encuentra a su paso. Por eso tenemos que vivir aquí arriba. Ha devorado a cientos de humanos y a millones de mimpins, literalmente. Lo que lo hace tan temible es su asombroso y mágico olfato, capaz de captar el olor de un humano, mimpin o cualquier otro animal a varios kilómetros de distancia. Luego lo persigue por el bosque a una velocidad tremenda. No ve un palmo delante de sus narices por culpa de la humareda que va echando, pero eso le da igual, porque se guía por el olfato.

—¿Por qué suelta tanto humo? —preguntó Billy.

—Porque en su buche arde un gran fuego —contestó Don Mini—. Al regüeldallamas le chifla la carne a la brasa, y esa hoguera interna va asando a sus víctimas según bajan por su gaznate.

—Escucha —dijo el chico—, con o sin regüeldallamas, debo volver a casa cuanto antes. Tendré que jugármela.

—No lo hagas, te lo ruego —replicó Don Mini—. El regüeldallamas sabe que estás aquí arriba. Te estará esperando al pie del árbol. Ven, baja un poco conmigo y te lo enseñaré.

NOSOTROS CONOCEMOS A TODOS LOS PÁJAROS

Don Mini descendió sin esfuerzo por el gran tronco. Billy lo seguía con cuidado, saltando de rama en rama.

No tardaron en oler el aliento apestoso del regüeldallamas, y comprobaron que una densa humareda rojiza empezaba a envolver las ramas más bajas del árbol.

—¿Qué aspecto tiene? —preguntó Billy en susurros.

—Nadie lo sabe —contestó Don Mini—. Entre tanto humo, es imposible verlo. Si te pones detrás de él, puedes llegar a distinguir algunas partes de su cuerpo, porque echa el aliento hacia delante. Algunos mimpins dicen que han visto sus piernas traseras, enormes, negras y muy peludas, con forma de garras de león pero diez veces más grandes. Y se rumorea que tiene una enorme cabeza de cocodrilo, con hileras y más hileras de afiladísimos colmillos. Pero nadie lo sabe a ciencia cierta. Eso sí, debe de tener unas fosas nasales gigantescas para poder echar tanto humo.

Se quedaron quietos, aguzando el oído, y no tardaron en oír los pasos del regüeldallamas, que pisoteaba el suelo al pie del árbol con sus pezuñas gigantes y resoplaba de impaciencia.

—Te huele —dijo Don Mini—. Sabe que no andas lejos. Esperará el tiempo que haga falta para atraparte. Adora la carne humana y no la prueba a menudo. Los humanos son para él como las fresas con nata para nosotros. Verás, lleva meses alimentándose a base de mimpins, y mil de los nuestros no son para él más que un tentempié. La bestia es insaciable.

Billy y Don Mini volvieron a trepar por el árbol hasta alcanzar a los demás mimpins, que parecieron alegrarse de ver que el chico regresaba sano y salvo.

—Quédate con nosotros aquí arriba —le dijeron—. Nosotros cuidaremos de ti.

Justo entonces, una preciosa golondrina azul se posó en una rama cercana y el pequeño Billy vio cómo una señora mimpin y sus dos hijos se subían a lomos del pájaro como si fuera lo más normal del mundo. Luego la golondrina echó a volar con los pasajeros cómodamente sentados entre sus alas.

—¡Ahí va! —exclamó Billy—. ¿Es un pájaro domesticado?

—En absoluto —contestó Don Mini—. Nosotros conocemos a todos los pájaros. Son nuestros amigos. Los usamos para desplazarnos. Esa señora se ha ido con sus hijos a visitar a la abuela, que vive en otro bosque, a unos ochenta kilómetros de aquí. Estarán allí en menos de una hora.

—¿Podéis hablar con ellos? —preguntó el chico—. Con los pájaros, me refiero.

—Por supuesto que podemos hablar con ellos —dijo Don Mini—. Los llamamos siempre que necesitamos ir a algún sitio. De lo contrario, ¿cómo íbamos a traer alimentos hasta aquí arriba? El regüeldallamas no nos deja poner un pie en el suelo.

—¿Y los pájaros lo consienten? —preguntó Billy.

—Harían cualquier cosa por nosotros —dijo Don Mini—. Nos quieren, y nosotros a ellos. Les guardamos comida en los árboles para que no se mueran de hambre cuando llega el frío invierno.

De pronto, un gran número de pájaros vario-
pintos se posaron en las ramas del árbol y, todos
a una, los mimpins se subieron a ellos, en su ma-
yoría con pequeños sacos echados al hombro.

—Es hora de salir a recolectar comida —explicó Don Mini—. Todos los adultos colaboran para

alimentar a la comunidad. La población de cada árbol se encarga de abastecerse de víveres. Los árboles grandes son como vuestras ciudades, y los árboles pequeños como vuestras aldeas.

Era una escena asombrosa. Aves de todo tipo, a cuál más hermosa, venían a posarse en las ramas del gran árbol, y tan pronto lo hacían un mimpin trepaba a su lomo y allá que se iban los dos.

Había mirlos, tordos, alondras, cuervos, estorninos, arrendajos, urracas y muchas clases de pinzones. Todo sucedía muy deprisa y con una organización ejemplar. Cada pájaro parecía saber a qué mimpin debía recoger, y cada mimpin sabía exactamente qué pájaro había encargado esa mañana.

—Los pájaros son como nuestros coches —explicó Don Mini a Billy—. Pero resultan mucho más agradables y nunca se estampan unos contra otros.

Pronto todos los adultos salvo Don Mini se habían marchado montados sobre los pájaros, y en el árbol solo quedaban los niños mimpins. Entonces llegaron los petirrojos y se encargaron de llevarlos a dar un paseo.

—Todos los niños practican el vuelo a lomos de los petirrojos —explicó Don Mini—, pues son aves sensatas y cuidadosas que adoran a los pequeños.

Billy los miraba boquiabierto, sin apenas poder creérselo.

LLAMA AL CISNE

Mientras los niños practicaban el vuelo con los petirrojos, Billy preguntó a Don Mini:

—¿No hay ninguna manera de librarse de ese asqueroso regüeldallamas y sus bocanadas de humo abrasador?

—Un regüeldallamas solo se muere —contestó Don Mini— si se hunde en aguas profundas. El agua apaga su fuego interno y eso le causa la muerte. El fuego es al regüeldallamas como el corazón al ser humano, y no sobrevive más de cinco segundos sin él. Esa es la única manera de matar a un regüeldallamas.

—Espera un segundo —dijo Billy—. ¿Por casualidad no habrá un estanque o algo así por aquí cerca?

—Hay un gran lago al otro lado del bosque —informó Don Mini—. ¿Pero quién va a engatusar al regüeldallamas para que se zambulla en él? Nosotros no. Y tú tampoco, desde luego. No podrías acercarte a él sin que te atrapara.

—Pero antes has dicho que el regüeldallamas no ve nada de lo que tiene delante por culpa de la humareda que va echando —señaló Billy.

—Cierto —dijo Don Mini—. ¿Pero de qué nos sirve eso? No creo que vaya a meterse en el lago por su propio pie. Nunca sale del bosque.

—Creo que sé cómo conseguir que se hunda en el agua —anunció Billy—. Lo que necesito es un pájaro que sea lo bastante grande para llevarme a su espalda.

Don Mini se lo pensó unos instantes y dijo:

—Eres un niño bastante canijo, por lo que creo que un cisne podría llevarte sin problemas.

—Pues llama a un cisne —dijo Billy. De pronto, hablaba con un aplomo que nunca había tenido.

—Pero…, pero espero que no vayas a hacer ningún disparate —gimió Don Mini.

—Escúchame bien —repuso Billy—, porque quiero que le digas al cisne exactamente qué

debe hacer. Necesito que se acerque al regüeldallamas volando conmigo a cuestas. El monstruo me
olerá y sabrá que estoy muy cerca, pero no me verá
por culpa de la humareda. Entonces querrá atrapar-
me a toda costa. El cisne lo provocará volando de
aquí para allá delante de sus narices. ¿Crees que es
posible?

—Muy posible —contestó Don Mini—, si no
fuera porque seguramente te caerías a las primeras
de cambio. Nunca has volado a lomos de un pájaro.

—Me las apañaré —le aseguró Billy—. El cisne
cruzará el bosque, siempre volando a ras de suelo,
y el glotón del regüeldallamas apretará a correr detrás de nosotros. Es importante que el cisne nunca
se aleje demasiado del monstruo, porque así lo vol-
veremos loco con mi olor. Al llegar al gran lago
sobrevolaremos sus profundas aguas y el regüeldallamas, que para entonces estará desbocado, lo se-
guirá sin darse cuenta… ¡y colorín colorado, monstruo ahogado!

—¡Querido muchacho! —exclamó Don Mini—. ¡Eres un genio! ¿De verdad que lo harás?

—¡Llama al cisne! —ordenó Billy.

Don Mini se volvió hacia uno de los petirrojos que acababa de volver de sus prácticas de vuelo con un niño mimpin a cuestas. Billy lo oyó hablar con el pajarito en una especie de curioso trinar, pero no entendió ni media palabra. El petirrojo asintió con la cabeza y alzó el vuelo.

Dos minutos después, un cisne majestuoso,
blanco como la nieve, bajó desde las alturas y se
posó en una rama cercana.

Don Mini fue hasta él y le habló en aquel extraño lenguaje hecho de gorjeos. Esta vez la conversación fue mucho más larga y Don Mini era prácticamente el único que hablaba, mientras que el cisne se limitaba a asentir.

Luego el anciano se volvió hacia Billy y anunció:

—Cisne cree que es una gran idea. Dice que lo hará. Lo único que le inquieta un poco es el hecho de que nunca hayas volado. Dice que tienes que agarrarte con mucha fuerza a sus plumas.

—No sufras por eso —replicó Billy—. Me las arreglaré para no caerme. No quiero acabar asado vivo en el buche del regüeldallamas.

Billy se subió a lomos del cisne. Muchos de los mimpins que se habían ido volando antes regresaban ahora transportados por las aves con sus minúsculos sacos llenos a rebosar. Se reunieron en las ramas de alrededor, maravillados al ver que el pequeño humano se disponía a volar a lomos de Cisne.

—¡Adiós, pequeño Billy! —lo despidieron—. ¡Mucha suerte!

Entonces el gran cisne desplegó las alas y, planeando suavemente, empezó a descender sorteando las numerosas ramas del gran árbol.

BILLY SE AGARRÓ CON FUERZA

El pequeño Billy se agarró con todas sus fuerzas. ¡Qué emocionante era volar a lomos del gran cisne! ¡Qué sensación tan maravillosa la de surcar el cielo y notar la caricia del aire en la cara! Se agarró tan fuerte como pudo a las plumas de Cisne.

De pronto, allí estaba, justo por debajo de ellos, la inmensa vaharada de humo rojizo que brotaba de las fosas nasales del formidable regüeldallamas. El humo envolvía a la bestia por completo, pese a lo cual, cuando se le acercaron, Billy distinguió entre la humareda la enorme silueta negra de un monstruo peludo. Sus resoplidos eran cada vez más sonoros, y según se iba animando, azuzado por el cercano y delicioso olor de Billy, empezó a echar bocanadas de humo cada vez más seguidas, ¡grunf, grunf!, ¡grunf, grunf!, ¡grunf, grunf!

Cisne revoloteaba delante de aquella nube de humo rugiente, tentando y provocando a la bestia, haciéndole perder los estribos. El regüeldallamas, o mejor dicho, la nube de humo que lo envolvía, intentaba embestirlos una y otra vez, pero Cisne era más rápido que él y siempre lograba esquivarlo en el último segundo. Los resoplidos sonaban cada vez más amenazadores y las ráfagas de denso vapor ardiente manaban a borbotones, espesándose por momentos.

Cisne miró hacia atrás para comprobar si Billy estaba bien. El chico asintió sonriendo, y habría jurado que el ave le devolvía la sonrisa.

Finalmente, Cisne decidió que ya habían jugado bastante al gato y al ratón. La gran nube rojiza botaba arriba y abajo, loca de hambre y frustración, y los gruñidos y rugidos de la imponente criatura resonaban en cientos de kilómetros a la redonda. Cisne dio media vuelta y voló en línea recta hacia el límite del bosque. Por supuesto, la descomunal nube de humo echó a correr tras él sin dudarlo un segundo.

Cisne se cuidaba mucho de volar todo el rato a ras de suelo, apenas fuera del alcance del regüeldallamas, haciéndole creer que estaba a punto de atraparlo mientras sorteaba con cau-

tela los grandes árboles del bosque. La bestia tenía el olor a carne humana metido en las fosas
nasales y debía de pensar que, si seguía corriendo sin desfallecer, tarde o temprano atraparía a
su presa.

De repente, el lago apareció justo delante de ellos, allí donde terminaba el bosque. El regüeldallamas les pisaba los talones, corriendo a ciegas y sin pensar en nada más que en el delicioso humano cuyo rastro seguía.

Cisne voló derecho hacia el lago y pasó rasando por encima del agua. El regüeldallamas lo siguió sin vacilar.

Billy miró hacia atrás y lo vio precipitarse en el agua, y entonces fue como si todo el lago entrara en erupción, pues estalló en una gran masa de agua hirviendo que borboteaba y espumeaba entre ráfagas de vapor.

Por unos instantes el horripilante regüeldallamas, el monstruo que soltaba bocanadas de abrasador humo rojo, hizo que el lago bullera y humeara como un volcán, pero luego el fuego se extinguió y la imponente bestia desapareció bajo sus aguas.

¡VIVA BILLY!

Cuando todo hubo terminado, Cisne y Billy tomaron altura y, describiendo un círculo, sobrevolaron el lago por última vez.

Y entonces, como por arte de magia, el cielo a su alrededor se llenó de pájaros, cada uno de los cuales llevaba a uno o más mimpins a su espalda. Billy reconoció a Don Mini a lomos de un hermoso arrendajo. El anciano surcaba los aires a su vera, saludando y dando vivas. Al parecer, todos los demás habitantes del gran árbol se habían congregado allí para ser testigos de la gran victoria sobre el temido regüeldallamas. Pájaros de todas las formas y colores volaban en círculos alrededor de Billy y Cisne, y los mimpins a los que transportaban los saludaban, aplaudían y gritaban de alegría. Billy les devolvía los saludos entre risas mientras pensaba en lo maravilloso que era todo aquello.

Luego, liderados por Cisne, todos los pájaros y mimpins regresaron a su hogar en el árbol.

Allí dieron una gran fiesta para celebrar la victoria del pequeño Billy sobre el horripilante regüeldallamas. Mimpins de todos los rincones del bosque acudieron a la fiesta a lomos de sus pájaros para aclamar al joven héroe, y todas las ramas del gran árbol estaban abarrotadas de personitas. Cuando por fin los vítores y aplausos dieron paso al silencio, Don Mini se levantó para decir unas palabras.

—¡Mimpins del bosque! —empezó, levantando su débil vocecilla para que lo oyeran todos—. ¡El sanguinario regüeldallamas, que ha devorado a

tantos miles de mimpins, se ha ido para siempre! ¡Por fin podemos pisar el suelo del bosque sin temor! Así que a partir de ahora bajaremos por nuestro propio pie a coger todas las zarzamollejas, frambuenas, arandátiles y grosetas que nos apetezcan. Y nuestros hijos podrán jugar todo el día entre las flores silvestres y las raíces de los árboles.

Don Mini hizo una pausa y sus ojos se posaron en Billy, que se había sentado en una rama cercana.

—Pero, damas y caballeros —continuó—, ¿a quién debemos tan extraordinaria hazaña? ¿Quién ha salvado a los mimpins? —Don Mini hizo otra pausa. Miles de personitas lo escuchaban atentamente.

»Nuestro salvador —anunció a pleno pulmón—, nuestro héroe, nuestro niño prodigio es, como ya sabéis, nuestro amigo humano, Billy.

La multitud rompió a aplaudir y a corear «¡Viva Billy!».

Entonces Don Mini se volvió hacia el chico y le habló directamente:

—Querido muchacho, has hecho algo maravilloso por nosotros y estamos en deuda contigo, así que nos gustaría hacer algo por ti. He tenido una charla con Cisne y hemos acordado que él será tu medio de transporte aéreo personal mientras pueda llevarte a cuestas.

Se oyeron más vivas y aplausos entre gritos de «¡Bravo por Cisne! ¡Qué gran idea!».

—Sin embargo —continuó Don Mini—, no puedes andar revoloteando de aquí para allá a plena luz del día. Más pronto que tarde algún humano os vería, y entonces nuestro secreto dejaría de serlo y tú te verías obligado a hablarles de nosotros a los tuyos. Eso no debe suceder jamás. Si llegara a pasar, hordas de enormes humanos invadirían nuestro adorado bosque para buscar a los mimpins y no nos dejarían vivir en paz.

—¡Nunca se lo diré a nadie! —aseguró Billy.

—Aun así —repuso Don Mini—, no podemos arriesgarnos a que vueles durante el día. Pero todas las noches, cuando la luz de tu cuarto se haya apagado, Cisne se acercará a tu ventana por si te apetece ir a dar un paseo. A veces te traerá de vuelta aquí para que puedas visitarnos. Otras, te llevará a conocer lugares tan fabulosos que ni en tus sueños más descabellados podrías imaginarlos. ¿Quieres que Cisne te lleve a tu casa ahora mismo? Un día es un día, y si os dais prisa no creo que pase nada porque voléis una vez más antes de que se ponga el sol.

—¡Dios mío! —exclamó Billy—. ¡Lo había olvidado por completo! ¡Mamá estará muy preocupada! ¡Me voy volando!

Don Mini dio la orden y cinco segundos después Cisne bajó en picado desde las alturas y se posó en el árbol. Billy se subió a su espalda, y mientras el imponente pájaro desplegaba las alas y levantaba el vuelo, el gran árbol y el bosque al completo retumbaron con los aplausos de un millón de mimpins.

¡NUNCA OS OLVIDARÉ!

Cisne se posó en el jardín de la casa del pequeño Billy. El chico desmontó de un salto y corrió hasta la ventana de la sala de estar. Una vez allí, trepó al interior de la casa sin hacer ruido.

—Billy —dijo su madre desde la cocina—. ¿Qué andas tramando? Llevas mucho rato callado.

—Nada, mamá. Me estoy portando bien —contestó el chico—. Me estoy portando muy pero que muy bien.

Su madre entró en la habitación con una pila de ropa planchada en los brazos y miró a Billy.

—¿Dónde demonios has estado? —exclamó—. ¡Te has puesto perdido!

—He estado trepando a los árboles —contestó el chico.

—No puedo dejarte solo ni diez minutos —re-
funfuñó la mujer—. ¿Dónde dices que has estado?

—Me he subido uno de esos viejos árboles del
jardín —contestó Billy.

—Como no te andes con ojo, te caerás y te
romperás un brazo —le advirtió su madre—. No
vuelvas a hacerlo.

—No lo haré —le aseguró el chico con una
sonrisa pícara—. La próxima vez volaré hasta las ramas más altas en un par de alas plateadas.

—Vaya tontería —replicó su madre, y salió de la habitación con la ropa planchada.

A partir de ese día, Cisne acudió todas las noches a la habitación de Billy. Llegaba cuando sus padres se habían ido a dormir y toda la casa estaba en silencio. Pero el chico nunca dejaba que el sueño lo venciera. Lo esperaba bien despierto y con unas ganas locas de verlo. Siempre se aseguraba de que las cortinas estuvieran descorridas y la ventana abierta de par en par para que el gran pájaro blanco pudiera entrar volando en la habitación y posarse en el suelo, junto a su cama.

Luego Billy se ponía el albornoz, se subía a lomos de Cisne y allá que se iban los dos.

¡Cuántas experiencias secretas y asombrosas vivía el pequeño Billy por las noches, surcando el cielo a espaldas de Cisne! El suyo era un reino mágico y silencioso desde el que sobrevolaban el mundo sumido en la oscuridad mientras los demás mortales dormían a pierna suelta en sus camas.

En cierta ocasión, Cisne ascendió más de lo
que nunca había hecho y se adentraron en una
enorme nube algodonosa, iluminada por un tenue
resplandor dorado, entre cuyos recovecos Billy
creyó entrever a unas criaturas misteriosas mo-
viéndose de aquí para allá.

¿Quiénes eran?

Se moría de ganas de preguntárselo a Cisne,
pero no conocía una sola palabra del lenguaje de
los pájaros. Cisne no parecía demasiado interesado
en acercarse a aquellas criaturas de otro mundo, por
lo que Billy no pudo verlas con claridad.

En otra ocasión, Cisne surcó el cielo nocturno durante lo que pareció una eternidad, hasta que por fin llegaron a un inmenso agujero en la corteza terrestre, una especie de enorme y vertiginoso abismo. Cisne planeó en círculos por encima del gran cráter y luego bajó en picado hacia las negras entrañas de la tierra.

De pronto, una luz deslumbrante empezó a
brillar allá abajo, y Billy vio una gran extensión de
agua de un azul cristalino en cuya superficie miles
de cisnes se deslizaban majestuosamente de aquí
para allá. El blanco puro de los cisnes sobre el fondo azul del lago producía un contraste bellísimo.

El chico se preguntó si sería allí donde todos los cisnes del mundo se reunían en secreto, y una vez más deseó poder preguntárselo a su amigo. Pero a veces los enigmas son más interesantes que las explicaciones, y los cisnes del lago azul, al igual que las criaturas de la nube dorada, seguirían siendo un misterio en la memoria del pequeño Billy.

Una vez a la semana, más o menos, Cisne llevaba a Billy de vuelta al viejo árbol del bosque para que visitara a los mimpins. En una de esas visitas, Don Mini le dijo:

—Estás creciendo a ojos vistas, Billy. Me temo que pronto pesarás demasiado para Cisne.

—Lo sé —contestó el chico—. No puedo evitarlo.

—Y Cisne es el mayor pájaro que tenemos —continuó Don Mini—. Pero espero que sigas viniendo a vernos cuando él ya no pueda transportarte.

—¡Lo haré, descuida! —exclamó Billy—. ¡Nunca dejaré de venir a veros! ¡Nunca os olvidaré!

—Y puede… —añadió Don Mini con una sonrisa— que algunos de nosotros te visitemos en secreto algún día.

—¿Lo dices en serio? —preguntó el chico.

—Podríamos intentarlo —contestó Don Mi-ni—. Saldríamos del bosque sin hacer ruido aprovechando la oscuridad y nos colaríamos en tu habitación para celebrar un banquete a medianoche.

—¡Pero cómo os las arreglaréis para trepar por la pared hasta la ventana de mi habitación? —quiso saber Billy.

—¿Te has olvidado de nuestras botas con ventosas? —repuso Don Mini—. Con ellas, subir por la pared de tu casa será coser y cantar.

—¡Genial! —exclamó Billy—. Podríamos turnarnos para visitarnos los unos a los otros.

—Por supuesto —le aseguró el anciano.

Y eso fue exactamente lo que hicieron.

Ningún niño ha tenido jamás una vida tan emocionante como Billy, y ninguno ha sabido guardar jamás un secreto tan grande. Jamás le reveló a nadie la existencia de los mimpins. Yo mismo he puesto mucho cuidado en no daros pistas sobre su paradero, y tampoco ahora voy a irme de la lengua. No obstante, si por alguna extraordinaria casualidad, paseando un día por el bosque, creéis ver a un mimpin, contened la respiración y dad las gracias a vuestra buena estrella, porque, que yo sepa, nadie salvo Billy los ha visto jamás.

No perdáis de vista a los pájaros que sobrevuelan vuestras cabezas y, quién sabe, puede que algún día descubráis a una criatura minúscula sobre la espalda de una golondrina o un cuervo.

Prestad especial atención a los petirrojos, por-que suelen volar a poca altura, y tal vez veáis a un niño mimpin algo nervioso, aferrándose con uñas y dientes a las plumas del pájaro durante su primera lección de vuelo.

Y sobre todo observad con ojos curiosos el mundo a vuestro alrededor, porque los mayores secretos se esconden en los lugares más insospechados.

QUIENES NO CREEN EN LA MAGIA NUNCA LA ENCONTRARÁN.

A MODO DE EPÍLOGO

Han pasado casi cuarenta años desde que ilustré por primera vez un libro de Roald Dahl, *El cocodrilo enorme*. Entonces no podía saber que vendrían muchos más, pero lo cierto es que a lo largo de las dos décadas siguientes ilustré todos los libros infantiles de este autor.

Todos excepto uno, en realidad. En 1990, mientras yo trabajaba en *Agu Trot*, el artista Patrick Benson dibujaba grandes y hermosas ilustraciones para los mimpins. El resultado me gustó muchísimo, así que podéis imaginar mi cara de sorpresa cuando, no hace mucho, me pidieron que creara un nuevo conjunto de dibujos para el mismo libro. El texto no ha cambiado, pero la letra es más pequeña y hay muchas más páginas, por lo que tengo espacio de sobra para dibujar todo lo que ocurre en la historia sin dejarme ningún detalle en el tintero. Ilustrar este libro ha sido para mí una experiencia maravillosa y casi he tenido la sensación de estar leyendo un nuevo libro de Roald Dahl. Espero que a vosotros os pase lo mismo.

Quentin Blake

ALFAGUARA
CLÁSICOS

ROALD DAHL
CHARLIE Y LA FÁBRICA DE CHOCOLATE

ROALD DAHL
LAS BRUJAS

ROALD DAHL
MATILDA

ROALD DAHL
CUENTOS EN VERSO PARA NIÑOS PERVERSOS

ROALD DAHL
CHARLIE Y EL GRAN ASCENSOR DE CRISTAL

ROALD DAHL
LA MARAVILLOSA MEDICINA DE JORGE

ROALD DAHL
EL SUPERZORRO

ROALD DAHL
LA JIRAFA, EL PELÍCANO Y EL MONO

ROALD DAHL
DANNY EL CAMPEÓN DEL MUNDO

CLÁSICOS INOLVIDABLES

PARA DEJAR VOLAR LA IMAGINACIÓN

R OALD D AHL nació en 1916 en un pueblecito de Gales (Gran Bretaña) llamado Llandaff en el seno de una familia acomodada de origen noruego. A los cuatro años pierde a su padre y a los siete entra por primera vez en contacto con el rígido sistema educativo británico que deja reflejado en algunos de sus libros, por ejemplo, en *Matilda* y en *Boy*.

Terminado el Bachillerato y en contra de las recomendaciones de su madre para que cursara estudios universitarios, empieza a trabajar en la compañía multinacional petrolífera Shell, en África. En este continente le sorprende la Segunda Guerra Mundial. Después de un entrenamiento de ocho meses, se convierte en piloto de aviación en la Royal Air Force; fue derribado en combate y tuvo que pasar seis meses hospitalizado. Después fue destinado a Londres y en Washington empezó a escribir sus aventuras de guerra.

Su entrada en el mundo de la literatura infantil estuvo motivada por los cuentos que narraba a sus cuatro hijos. En 1964 publica su primera obra, *Charlie y la fábrica de chocolate*. Escribió también guiones para películas; concibió a famosos personajes como los Gremlins, y algunas de sus obras han sido llevadas al cine.

Roald Dahl murió en Oxford, a los 74 años de edad.

ESTE LIBRO SE TERMINÓ DE IMPRIMIR
EN EL MES DE ENERO DE 2018